Jules Verne: Der Humbug

Jules Verne

Der Humbug

Mrs. Melvil

Augustus Hopkins

Franzose (Erzähler)

Illustriert von Hagen Flemming

Edition Dornbrunnen, Berlin 2019

Übersetzung des Textes aus dem Französischen von
Anne Ehrhardt *(Le Humbug – Mœurs américaines)*

Korrekturen und Lektorat: Dirk Seliger und Meiko Richert
Illustrationen: Hagen Flemming

Die Deutsche Nationalbibliothek verzeichnet diese Publikation in der Deutschen
Nationalbibliografie; detaillierte bibliografische Daten sind im Internet über
http://dnb.d-nb.de
abrufbar.

1 Auflage 2019

ISBN: 978-3-943275- 43-8
© by Edition Dornbrunnen – Verlag Sven-R. Schulz, Berlin,
Sven-R. Schulz, Dornbrunner Straße 16, 12437 Berlin
www.edition-dornbrunnen.de
Titelgestaltung: Hagen Flemming

Im März des Jahres 1863 bestieg ich den Dampfer *Kentucky*, der zwischen New York und Albany verkehrte.

Zu dieser Jahreszeit verursachte der enorme Warenaustausch zwischen diesen beiden Städten eine rege Geschäftigkeit, was allerdings nichts Ungewöhnliches darstellt. Tatsächlich unterhalten die New Yorker Händler mittels ihrer Partner ständige Beziehungen mit den entferntesten Provinzen und bringen auf diese Weise die Erzeugnisse der Alten Welt in Umlauf, während sie gleichzeitig Waren nationaler Herkunft ins Ausland exportieren.

Meine Abfahrt nach Albany gab mir so erneut die Gelegenheit, die Betriebsamkeit New Yorks zu bewundern.

Von allen Seiten strömten die Reisenden heran; die einen schalten die Träger ihrer zahlreichen Gepäckstücke aus; andere wiederum, deren Garderobe in eine winzige Tasche passte, kamen allein, wie wahrhafte Gentlemen. Man stürzte herbei, allseits bestrebt, einen Platz an Bord des Dampfschiffes, das die Spekulation mit einer gänzlich amerikanischen Elastizität ausgestattet zu haben schien, zu ergattern und zu besetzen. Zwei erste Glockenschläge ertönten und verbreiteten unter den Nachzüglern einiges Entsetzen. Der Schiffssteg bog sich unter dem Gewicht der letzten Ankömmlinge, die generell wie überall Leute sind, deren Reise auch ohne beträchtlichen Schaden hätte verschoben werden könnte. Nach und nach lichtete sich das ganze Gedränge. Pakete und Reisende waren aufgestapelt und untergebracht. Das Feuer brauste in den Rohren des Dampfkessels, und die Brücke der *Kentucky* erzitterte. Die Sonne, die sich bemühte, den Morgendunst zu durchdringen, erwärmte die Märzluft ein wenig, sodass sie einen dazu veranlasste, den Kragen des Anzugs hochzuschlagen, die Hände in die Taschen zu versenken und bei sich zu sagen: Es wird heute schön werden.

Da meine Reise keine geschäftliche war, mir also leichtes Gepäck genügte, um all meine Reiseutensilien zu fassen, und ferner mein Geist sich weder mit zu wagenden Spekulationen noch mit einem zu überwachenden Markt beschäftigte, flanierte ich durch meine Gedankenwelt, verließ mich auf den Zufall, diesen intimen Freund der Touristen, immer bemüht, auf dem Weg etwas Vergnügliches und Unterhaltsames zu treffen, als ich schließlich drei Schritte von mir entfernt Mrs. Melvil bemerkte, die aufs Charmanteste lächelte.

»Wie! Sie, Mistress?«, rief ich mit einer Überraschung aus, die nur von meiner Freude übertroffen werden konnte. »Sie setzen sich den Gefahren und dem Gedränge eines Hudsondampfers aus?«

»Zweifellos, mein lieber Herr«, antwortete mir Mrs. Melvil und reichte mir ihre Hand. »Im Übrigen bin ich nicht allein, meine gute, alte Arsinoé begleitet mich.«

Auf einem Ballen Wolle sitzend, zeigte sie mir ihre treu ergebene schwarze Dienstbotin, welche sie auf rührende Art betrachtete. Das Wort *rührend* ist es wert, unter diesen Umständen hervorgehoben zu werden, da nur *diese* Dienstboten so zu blicken wissen.

»Welche Hilfe und Stütze könnte Ihnen Arsinoé schon sein, Mistress«, sagte ich. »Ich schätze mich glücklich, das Recht zu haben, während dieser Überfahrt Ihr Beschützer zu sein.«

»Wenn Sie es als Recht ansehen«, antwortete sie mir lachend, »werde ich Ihnen gegenüber keinerlei Verpflichtungen empfinden. Aber wie kommt es, dass ich Sie hier treffe? Nach dem, was Sie uns gesagt hatten, wollten Sie diese Reise erst in einigen Tagen antreten. Warum haben Sie uns also gestern nichts von Ihrer Abreise erzählt?«

»Ich wusste selbst nichts davon«, erklärte ich. »Ich entschied mich nur deshalb, nach Albany zu fahren, weil mich die Glocke des Passagierdampfers um 6 Uhr morgens aus dem Schlaf gerissen hatte. Da sehen Sie, wohin so etwas führt. Wenn ich erst um 7 Uhr aufgewacht wäre, hätte ich vielleicht die Route nach Philadelphia genommen. Sie selbst, Mistress, schienen aber gestern Abend auch die sesshafteste Frau der Welt zu sein.«

»Zweifellos! Aber Sie sehen jetzt hier nicht Mrs. Melvil, sondern nur die führende Angestellte von Henri Melvil, dem New Yorker Reeder, die die

»Wie! Sie, Mistress?«, rief ich mit Überraschung.

Ankunft einer Ladung nach Albany überwacht. Sie verstehen das nicht, Sie, der Sie aus den ach so zivilisierten Ländern der Alten Welt kommen. – Mein Mann kann heute Morgen New York nicht verlassen, also werde ich ihn vertreten. Ich versichere Ihnen, dass die Bücher deshalb nicht weniger gut geführt, und die Rechnungen nicht weniger exakt sein werden.«

»Ich bin entschlossen, mich über nichts mehr zu wundern«, rief ich aus. »Wenn dagegen etwas Ähnliches in Frankreich passieren würde, wenn also die Frauen die Geschäfte ihrer Männer führten, würden die Männer nicht zögern, die ihrer Frauen zu übernehmen. Dann wären sie es, die Klavier spielten, Blumen pflückten, Hosenträger bestickten …«

»Sie schmeicheln Ihren Landsleuten nicht gerade«, entgegnete Mrs. Melvil lachend.

»Ganz im Gegenteil! Denn ich setze voraus, dass deren Frauen ihnen Hosenträger besticken.«

In diesem Moment erklang der dritte Glockenschlag.

Mitten hinein in das Schreien der Seeleute, die mit langen Bootshaken ausgerüstet waren, um das Dampfschiff vom Kai abzustoßen, stürzten sich die letzten Reisenden auf die Landungsbrücke.

Ich bot Mrs. Melvil meinen Arm und führte sie etwas nach hinten, wo das Gedränge weniger stark war.

»Ich habe Ihnen Empfehlungsschreiben für Albany gegeben«, begann sie.

»Zweifellos. Wünschen Sie, dass ich Ihnen ein weiteres Mal dafür danke?«

»Nein, gewiss nicht, denn Sie werden sie gar nicht brauchen. Da ich mich zu meinem Vater begebe, an den sie adressiert sind, erlauben Sie mir, Sie ihm nicht nur vorzustellen, sondern auch in seinem Namen einzuladen.«

»Ich behalte also recht«, sagte ich. »Verlässt man sich auf den Zufall, geschehen die charmantesten Dinge. Wenn man bedenkt, dass wir beide diese Reise beinahe gar nicht hätten antreten können …«

»Wie das?«

»Ein gewisser Reisender, ein Liebhaber jener Überspanntheiten, deren Exklusivrechte vor der Entdeckung Amerikas die Engländer inne hatten, wollte die ganze *Kentucky* für sich allein reservieren.«

»Ist das etwa der Erbe jener legendären *Companie des Indes*, der mit einem Gefolge von Elefanten und heiligen Tänzerinnen reist?«

»Mein Gott, nein! Ich wohnte seiner Diskussion mit dem Kapitän bei, der sein Ansinnen zurückwies. Und ich habe auch keinen einzigen Elefanten gesehen, der sich in das Gespräch einmischte. Dieses Original schien einfach nur ein dicker, heiterer Mann zu sein, der seine Handlungsfreiheit liebt. Das ist alles. – Aber hallo. Da ist er ja, Mistress! Ich erkenne ihn wieder. Sehen Sie den Reisenden dort, der wild gestikulierend und schreiend auf dem Kai angelaufen kommt? Er wird uns noch aufhalten, denn das Dampfschiff beginnt, vom Ufer abzulegen.«

Ein Mann mittlerer Größe mit einem enormen Kopf, geschmückt mit zwei knallroten Einsecksträußen, bekleidet mit einem langen, eleganten Mantel und einem breitkrempigen Indianerhut, erschien völlig außer Atem an der Ablegestelle, von der der Landungssteg gerade zurückgezogen worden war. Er fuchtelte herum, und schrie, ohne sich dabei um das Gelächter der ihn umgebenden Menge zu kümmern.

»He! *Kentucky*! … Tausend Teufel! Mein Platz ist reserviert, registriert, bezahlt und man lässt mich an Land zurück? Tausend Teufel! Kapitän! Ich werde Sie dafür vor Gericht zur Verantwortung ziehen!«

»Pech für die Verspäteten«, schrie der Kapitän und stieg auf eine der Walzen. »Wir müssen unseren Plan einhalten. Außerdem beginnt bereits die Ebbe.«

»Tausend Teufel«, schrie der dicke Mann erneut. »Ich werde Sie auf 100 000 Dollar und Schadensersatz verklagen! … Boby«, rief er, während er sich zu einem der zwei ihn begleitenden Schwarzen umdrehte. »Kümmere dich um das Gepäck und laufe zügig ins Hotel zurück, während Dacopa einige Ruderboote klarmacht, damit wir diese verdammte *Kentucky* erreichen.«

»Das ist unnötig«, rief der Kapitän, der jetzt anwies, das letzte Tau loszumachen.

»Los geht's! Dacopa!«, trieb der dicke Mann seinen Diener an.

Dieser bemächtigte sich des Taus in dem Moment, in dem der Dampfer es mit sich zog, und wickelte es um einen der Poller des Kais. Gleichzeitig warf sich der hartnäckige Reisende unter dem Beifall der Menge in ein Ruderboot und erreichte mit einigen Ruderschlägen die *Kentucky*. Er schwang sich an Bord, rannte zum Kapitän und schrie ihm entgegen. Er machte dabei einen Lärm wie zehn Männer und sprach mit mehr Vehemenz als zwanzig Klatschbasen. Der Kapitän, der kaum zu Wort kam und außerdem vor vollendeten Tatsachen stand, beschloss, sich nicht mehr aufzuregen. Er legte sein Sprachrohr beiseite und ging Richtung Maschine. Als er das Signal zur Abfahrt geben wollte, kam der Dicke zu ihm zurück und rief aus:

»Und meine Pakete, zum Teufel?«

»Bitte? Ihre Pakete?«, gab der Kapitän zurück. »Sind es etwa die, die gerade gebracht werden?«

Es entstand ein Gemurmel unter den Reisenden, die diese erneute Verspätung beunruhigte.

»Womit habe ich das verdient?«, schrie der furchtlose Passagier. »Bin ich vielleicht kein freier Bürger der Vereinigten Staaten von Amerika? Ich heiße Augustus Hopkins, und wem der Name nicht genug sagt …«

Ich weiß nicht, ob dieser Name wirklich einen Einfluss auf die Zuschauermenge ausübte. Jedenfalls ließ der Kapitän der *Kentucky* wieder anlegen, um die Gepäckstücke von Augustus Hopkins, dem freien Bürger der Vereinigten Staaten von Amerika, an Bord zu nehmen.

»Ich muss gestehen«, sagte ich zu Mrs. Melvil, »dass dies hier ein seltsamer Mann ist.«

»Weniger seltsam als seine Pakete«, antwortete sie mir und zeigte auf zwei Lastwagen, die zwei enorme Kisten von zwanzig Fuß Höhe, eingepackt in Wachstuch und festgezurrt mittels eines unentwirrbaren Netzes von Stricken und Knoten, herbeischafften. Oben und unten war mit roten Buchstaben von einem Fuß Größe das Wort zerbrechlich geschrieben, was die Vertreter der verantwortlichen Verwaltung hundert Schritt im Umkreis erzittern ließ.

Trotz des durch das Auftauchen dieser monströsen Pakete hervorgerufenen Unmuts zeigte Monsieur Hopkins keinerlei Regung, bis jene nach großen Mühen und mit beträchtlicher Verspätung endlich an Bord abgestellt waren. Schließlich konnte die *Kentucky* den Kai verlassen und fuhr den Hudson inmitten von allen möglichen ihn befahrenden Schiffen hinauf. Augustus Hopkins' Schwarze hatten unterdessen neben den Kisten ihres Meisters, welche das Privileg hatten, den Mittelpunkt der allgemeinen Neugier zu bilden, Stellung bezogen. Die meisten Passagiere drückten sich in der Nähe herum, indem sie sich zu allerlei außergewöhnlichen Mutma-

»He! Kentucky! ... Tausend Teufel! Mein Platz ist reserviert!«.

ßungen über deren Inhalt hinreißen ließen. Selbst Mrs. Melvil schien sich lebhaft dafür zu interessieren, während ich als Franzose ganz darauf bedacht war, vollkommenes Desinteresse vorzutäuschen.

»Was sind Sie doch für ein seltsamer Mensch!«, sagte Mrs. Melvil zu mir. »Sie machen sich gar nichts aus dem Inhalt dieser zwei Monumente, während mich die Neugierde fast umbringt.«

»Ich gestehe«, antwortete ich, »dass mich all das wenig interessiert. Als ich die zwei Monstrositäten ankommen sah, stellte ich sofort die zwei unwahrscheinlichsten Vermutungen auf. Entweder sie enthalten ein fünfstöckiges Haus mitsamt seinen Mietern, sagte ich mir, oder sie beinhalten überhaupt nichts. Nun, in beiden Fällen, die die seltsamsten sind, die man sich vorstellen kann, empfände ich nicht die geringste Überraschung. Dagegen, wenn Sie es wünschen, Mistress, werde ich einige Erkundigungen für Sie einholen.«

»Sehr gerne«, antwortete sie mir, »und während Ihrer Abwesenheit werde ich diese Verzeichnisse überprüfen.«

Ich ließ meine eigenartige Reisebegleitung ihre Rechnungen überarbeiten, was sie mit der Schnelligkeit einer New Yorker Bankkassiererin tat, welche in dem Ruf stehen, nur einen Blick auf eine Zahlenreihe werfen zu müssen, um sofort die Gesamtsumme zu wissen.

Über diese merkwürdige Dualität im Wesen charmanter amerikanischer Frauen nachsinnend, machte ich mich auf zu dem, der die Zielscheibe aller Blicke, den Gegenstand jedweder Konversation bildete.

Obwohl die zwei Kisten völlig den Blick in Fahrtrichtung und den Hudson verstellten, dirigierte der Steuermann das Dampfschiff mit absolutem Gottvertrauen, ohne sich um die Hindernisse zu sorgen. Und derer gab es viele, denn keine Flüsse, die Themse ausgenommen, waren derart stark befahren wie die der Vereinigten Staaten. In einer Zeit, in der Frankreich nur 12 000 bis 13 000 Schiffe zählte und England eine Zahl von 40 000 Schiffen erreichte, besaßen die Vereinigten Staaten schon 60 000, von denen 2000 Ozeandampfer die Weltmeere unsicher machten. Man kann von diesen Zahlen auf das Handelsaufkommen schließen und sich so auch die häufigen Unfälle erklären, deren Schauplatz amerikanische Flüsse oft sind.

Allerdings sind diese Katastrophen, diese Schiffsunglücke, in den Augen der kühnen Unternehmer, von nur geringer Bedeutung. Es entstand daraus sogar noch eine neue Einnahmequelle für die Versicherungsgesellschaften, die weitaus schlechtere Geschäfte machen würden, wären ihre Prämien nicht exorbitant. Bei gleichem Gewicht und Volumen hat ein Mensch in Amerika weniger Bedeutung und Wert als ein Sack Kohle oder eine Ladung Kaffee.

Vielleicht haben die Amerikaner ja recht, aber ich, ich gäbe alle Kohleminen und Kaffeeplantagen der Welt für meine kleine französische Person! Nun, ich machte mir also durchaus Sorgen über den Ausgang unserer Reise unter Volldampf und hindurch durch eine Vielzahl von Hindernissen.

Augustus Hopkins schien meine Befürchtungen nicht zu teilen. Er musste einer jener Leute sein, die eher springen, entgleisen oder kentern, als dass sie sich ein Geschäft entgehen ließen. Jedenfalls kümmerte er sich nicht im Geringsten um die Schönheit des Hudsonufers. Die 18 Stunden, die das Schiff für die Strecke brauchte, waren für ihn verlorene Zeit. Die malerischen Uferstädtchen, die hier und da wie Sträuße zu Füßen einer Primadonna in der Landschaft verstreuten Wälder, der liebliche Verlauf des Flusses, die ersten Frühlingsboten – nichts konnte diesen Mann von seinen geschäftlichen Überlegungen abbringen. Unvollständige Sätze vor sich hinmurmelnd, durchmaß er das Schiff von einem Ende zum anderen. Oder er setzte sich plötzlich auf einen Warenballen und zog aus einer seiner zahlreichen Taschen ein dickes Portemonnaie, in dem unzählige verschiedenartige Papiere steckten. Ich glaubte sogar, dass er diese Sammlung von Papierkram eigentlich nur zur Schau stellen, ausbreiten und auslegen wollte. Er stöberte gierig in einem enormen Stapel von Briefen, entfaltete die Korrespondenz mit Briefmarken und Stempeln aus aller Herren Länder und überflog verbissen, von den Umstehenden beobachtet, die engen Linien.

Es schien mir unmöglich, mich an ihn zu wenden, um irgendetwas zu erfahren. Umsonst hatten einige Neugierige versucht, die zwei bei den mysteriösen Kisten Wache stehenden Schwarzen in ein Gespräch zu verwickeln; diese Kinder Afrikas hatten im Gegensatz zu ihrer sonstigen Schwatzhaftigkeit absolutes Schweigen bewahrt.

Ich wollte gerade zu Mrs. Melvil zurückkehren und ihr meine persönlichen Eindrücke schildern, als ich mich inmitten einer Gruppe, die den Kapitän der *Kentucky* umringte, wiederfand. Ihr Gespräch drehte sich um Hopkins.

»Ich wiederhole es Ihnen«, sagte der Kapitän. »Dieses Original macht es nie anders. Zehn Mal fährt er schon den Hudson von New York nach Albany hinauf, und zehn Mal hat er es geschafft, zu spät zu kommen, und ebenso oft führt er ähnliche Ladung mit. Was das werden soll? Ich weiß es nicht. Es geht das Gerücht um, dass Mr. Hopkins ein großes Unternehmen einige Meilen von Albany entfernt aufbaut und dass man ihm unbekannte Waren schickt.«

»Das muss ein hohes Tier der Indienkompanie sein«, sagte einer der Assistenten, »der gerade eine Zweigstelle in Amerika gegründet hat.«

»Oder vielmehr ein reicher kalifornischer Pflanzer«, antwortete ein anderer.

»Oder Versteigerungsware, für die man ein Lieferungsangebot machen könnte«, gab ein Dritter zurück. »Der *New York Herald* hatte es kürzlich vorausgesagt.«

»Es wird nicht lange dauern«, ergriff ein Vierter das Wort, »bis wir die Aktien einer neuen, 500 Millionen schweren Handelsgesellschaft klettern sehen werden. Ich bestelle als Erster 10 Aktien zu 1000 Dollar.«

»Warum als Erster?«, fragte jemand. »Haben Sie denn schon Zusagen in dieser Angelegenheit? Ich bin bereit, den Betrag für 200 Aktien aufzubieten, wenn nötig auch noch mehr.«

»Wenn ich noch etwas übrig lasse«, schrie von Weitem jemand, dessen Gesicht ich nicht erkennen konnte. »Es handelt sich hier offensichtlich um die Errichtung einer Eisenbahnstrecke von Albany nach San Francisco. Und der Bankier, der als Gläubiger zeichnet, ist mein bester Freund.«

»Was reden Sie von Eisenbahnstrecke? Dieser Hopkins kommt, um ein Elektrokabel durch den Ontariosee zu legen und die großen Kisten enthalten meilenlange Seile und Isolationsmaterial.«

»Durch den Ontariosee! Aber das ist ja eine Goldgrube! Wo ist der Herr?«, schrien mehrere vom Dämon der Spekulation gepackte Händler. »Mr. Hopkins wird uns sicher sein Unternehmen vorstellen. Mir gehören die ersten Aktien!«

»Bitte, Mr. Hopkins, mir!«

»Nein, mir!«

»Nein, mir! Ich biete 1000 Dollar Zulage.«

Die Nachfragen und Gebote überschlugen sich und es gab ein totales Durcheinander. Obwohl die Spekulationssucht mich nicht erfasste, folgte ich der Gruppe der Aktionäre, die sich zum Helden der *Kentucky* begab. Schon bald war Hopkins von einer undurchdringlichen Menge umgeben, auf die er nicht einmal einen Blick zu werfen gedachte. Lange Zahlenreihen, Ziffern mit etlichen Nullen daran breiteten sich auf seiner großen Brieftasche aus. Die vier arithmetischen Grundrechenarten führte er mit überirdischer Schnelligkeit und Sicherheit aus. Die Millionen entschlüpften blitzschnell seinen Lippen. Er schien Opfer des Rechenfiebers zu sein. Trotz der Turbulenzen, die in all diesen von der Handelsleidenschaft gepackten amerikanischen Köpfen vor sich gingen, breitete sich Stille um ihn herum aus.

Schließlich, nach einer monströsen Rechenoperation, während derer Meister Hopkins dreimal seinen Stift zerbrochen hatte, sprach er die heiligen Worte:

»100 Millionen.«

Sodann faltete er schnell seine Papiere zusammen, steckte sie in seine furchterregende Brieftasche und zog aus seiner Tasche eine mit zwei Reihen feinster Perlen besetzte Uhr.

»Neun Uhr. Schon neun Uhr!«, schrie er. »Dieses verdammte Schiff fährt zu langsam. Der Kapitän? Wo ist der Kapitän?«

Während er dies sagte, durchbrach er die ihn belagernde Menge und sah den Kapitän, der durch die Maschinendeckluke dem Maschinisten Anweisungen gab.

»Wissen Sie, Kapitän«, sagte er mit Nachdruck, »wissen Sie, dass mich eine 10-minütige Verspätung ein Vermögen kosten kann?«

»Mir erzählen Sie etwas von Verspätung«, antwortete der Kapitän, überrascht von dem Vorwurf, »wenn Sie selbst der Grund dafür sind?«

»Wenn Sie nicht so störrisch gewesen wären, mich an Land zu lassen«, gab Hopkins mit sich überschlagender Stimme zurück, »hätten Sie keine um diese Jahreszeit so wertvolle Zeit verloren.«

»Und wenn Sie und Ihre Kisten rechtzeitig angekommen wären«, entgegnete der Kapitän irritiert, »hätten wir die Flut nutzen können und befänden uns jetzt gut drei Meilen weiter.«

»Ich diskutiere nicht länger. Ich muss vor Mitternacht in Albany im Hotel *Washington* sein und wenn nicht, hätte ich New York besser gar nicht erst verlassen. Ich warne Sie, in diesem Fall verklage ich Ihre Gesellschaft auf Schadensersatz.«

»Lassen Sie mich endlich in Ruhe!«, schrie der Kapitän, der anfing sich zu ärgern.

»Nein, gewiss nicht, solange Ihre Zaghaftigkeit und Sparsamkeit im Umgang mit Heizmaterial mich ein Riesenvermögen kosten könnten. Los, Heizer, vier oder fünf gute Schaufeln Kohle mehr in den Kessel und ihr, Maschinisten, setzt mir den Fuß aufs Ventil eurer Heizung, damit wir die verlorene Zeit aufholen!«

Mit diesen Worten warf Hopkins eine Börse mit blinkenden Dollars in den Heizraum.

Der Kapitän geriet daraufhin in heftige Wut, aber unserem rasenden Reisenden gelang es, lauter und ausdauernder als er zu schreien. Was mich betraf, so entfernte ich mich schnell vom Ort des Konflikts. Ich wusste, dass diese Anweisungen an den Maschinisten, das Ventil zu manipulieren, um den Dampfdruck und somit die Geschwindigkeit des Schiffes zu erhöhen, zu nichts anderem führen konnte als zur Explosion des Kessels.

Es ist unnötig zu erwähnen, dass unsere Mitreisenden das Handeln des Spediteurs völlig normal fanden. Ich würde Mrs. Melvil besser nichts von meinen schrecklichen Befürchtungen berichten, da sie sicher Tränen gelacht hätte.

Als ich zu ihr zurückkehrte, waren ihre umfassenden Rechnereien beendet und ihre charmante Stirn frei von geschäftlichen Sorgenfalten.

»Sie haben den Geschäftsmann in mir verlassen«, sagte sie, »und finden die Frau von Welt wieder. Sie können sie jetzt mit allem unterhalten, was Ihnen gefällt, Sie können zu ihr von Kunst, von Gefühlen, von Poesie sprechen.«

»Von der Kunst sprechen«, rief ich, »von Träumen und von Poesie! Nach dem, was ich gesehen und gehört habe! Nein, nein! Ich bin durchdrungen von Krämergeist und höre nur noch die Dollars klingen. Ich sehe in diesem schönen Fluss nur noch eine bequeme Strecke, um Ware zu befördern, in diesen anmutigen Ufern nur noch einen Treidelweg, in den hübschen Siedlungen nur noch eine Ansammlung von Zucker- und Baumwollgeschäften

»Los, Heizer, vier oder fünf gute Schaufeln Kohle mehr in den Kessel!«

und ich denke ernsthaft darüber nach, einen Staudamm am Hudson zu errichten, um das Wasser zum Betreiben von Kaffeemühlen zu nutzen.«

»Na so was, eine Kaffeemühle, aber das ist ja eine gute Idee!«

»Bitte, warum sollte ich nicht Ideen wie die anderen haben?«

»Woher kommt denn Ihr plötzliches geschäftliches Interesse?«, fragte Mrs. Melvil lachend.

»Urteilen Sie selbst«, antwortete ich und erzählte ihr von den diversen Szenen, deren Zeuge ich geworden war.

Sie lauschte aufmerksam meinem Bericht, wie man es von der amerikanischen Intelligenz erwartet, und dachte nach. Eine Pariserin hätte mich nicht halb so lange reden lassen.

»Nun, Mistress, was halten Sie also von diesem Hopkins?«

»Dieser Mann«, antwortete sie, »ist entweder ein genialer Spekulant, der im Begriff ist, ein gigantisches Unternehmen zu gründen, oder aber ein verwegener Gaukler vom Jahrmarkt in Baltimore.«

Ich begann zu lachen und die Konversation wendete sich anderen Themen zu.

Unsere Reise endete ohne Zwischenfälle, abgesehen von Hopkins' Kiste, die bei dessen Versuch, sie gegen die Erlaubnis des Kapitäns umzustellen, beinahe ins Wasser gefallen wäre. Die darauf folgende Diskussion diente ihm nochmals dazu, die Wichtigkeit seiner Geschäfte und die Bedeutung seiner Fracht zu unterstreichen. Zu den Mahlzeiten aß er nicht wie ein Mann, der die körperliche Stärkung sucht, sondern wie einer, der möglichst viel Geld ausgeben will. Bei unserer Ankunft gab es wirklich keinen Reisenden, der nicht eine Reihe von Anekdoten über diese außergewöhnliche Person zu erzählen wusste.

Die *Kentucky* legte schließlich doch vor Mitternacht in Albany an. Zutiefst erleichtert über die glückliche Ankunft, bot ich Mrs. Melvil meinen Arm, während Meister Hopkins, nachdem er unter großem Getöse seine wunderlichen Kisten von Bord transportiert hatte, von einer beträchtlichen Menschenmenge gefolgt, einen triumphalen Einzug ins Hotel *Washington* hielt.

Ich wurde von Mr. Wilson, dem Vater von Mrs. Melvil, mit jener vornehmen Offenheit empfangen, die die Gastfreundschaft umso wertvoller macht. Obwohl ich von der Reise etwas in Mitleidenschaft gezogen war, bestand dieser ehrenwerte Geschäftsmann darauf, mich in einem hübschen blauen Zimmer in seinem Heim unterzubringen. Ein Hotel mit seinen geräumigen Wohnungen erschien mir winzig im Vergleich mit diesem riesigen, einem Warenhaus ähnelnden Gebäude. Es wimmelte nur so von Bediensteten, Arbeitern, Angestellten, Handlangern in dieser regelrechten Stadt, der selbst Le Havre und Bordeaux mit ihren Handelshäusern nicht das Wasser reichen können. Trotz der vielfältigen Aufgaben des Hausherrn wurde ich wie ein Fürst behandelt. Die Bedienung erfolgte durch Schwarze und war man einmal von ihnen umsorgt worden, konnte man sich keine anderen Diener mehr vorstellen. Lieber verrichtete man die Tätigkeiten selbst.

Am nächsten Tag ging ich in der hübschen Stadt Albany spazieren, deren Name allein mich schon immer bezaubert hatte. Ich fand hier die ganze Betriebsamkeit von New York wieder. Das gleiche geschäftliche Treiben, eine ähnliche Vielzahl von Interessen. Die nach Gewinn dürstenden Händler, ihr Arbeitseifer, das Bedürfnis, alles, was Industrie und Spekulation hergeben, zu Geld zu machen – all das erscheint den Geschäftsleuten der Neuen Welt nicht abstoßend, wie es manchmal bei ihren Kollegen aus Übersee der Fall ist. In ihrer Art, Handel zu betreiben, liegt eine gewisse sympathische Größe. Man begreift, dass die Leute deshalb viel verdienen müssen, weil sie auch viel ausgeben.

Während der luxuriösen Mahlzeiten und der Abendgesellschaften ging die Konversation von allgemeinen Themen immer zu speziellen über. Man plauderte über die Stadt, von ihren Vergnügungen, von ihrem Theater. Mr. Wilson war ausgezeichnet auf dem Laufenden, was diese weltlichen Zerstreuungen betraf, aber er schien mir auch so amerikanisch, wie man nur sein kann, als wir auf diese Überspanntheit sämtlicher Städte zu sprechen kamen, über die in Europa heftig diskutiert wurde.

»Sie spielen auf unser Verhalten hinsichtlich der berühmten Lola Montez an?«, fragte mich Mr. Wilson.

»Zweifellos«, antwortete ich. »Nur die Amerikaner bringen es fertig, die Komtesse von Landsfeld ernstzunehmen.«

»Wir nehmen sie ernst«, entgegnete Mr. Wilson, »weil sie ernsthaft war. Außerdem messen wir den schwersten Affären keine Bedeutung bei, solange sie auf leichte Art behandelt werden.«

»Es muss Sie schockieren«, sagte Mrs. Melvil im neckischen Ton zu mir, »dass Lola Montez unter anderem unsere Mädchenpensionate besichtigte.«

»Ich gebe zu«, gab ich zurück, »dass diese Tatsache mir seltsam erschienen ist, denn diese charmante Tänzerin ist kein Vorbild für junge Mädchen.«

»Unsere jungen Mädchen«, nahm Mr. Wilson das Wort auf, »sind zu mehr Unabhängigkeit erzogen als die Ihren. Als Lola Montez die Pensionate besichtigte, tat sie das nicht als Tänzerin aus Paris, nicht als die Komtesse von Landsfeld aus Bayern, sondern als berühmte Frau, deren Äußeres man nur als sehr angenehm bezeichnen kann. Es war ein Fest, ein Vergnügen, eine Unterhaltung, das ist alles. Was soll schlecht daran sein?«

»Schlecht ist, dass derartig starker Beifall die großen Künstler verdirbt. Sie sind nicht mehr zu ertragen, wenn sie von ihren Tourneen aus den Vereinigten Staaten zurückkehren.«

»Haben sie sich beklagt?«, fragte Mr. Wilson sofort.

»Ganz im Gegenteil«, antwortete ich. »Aber wie kann z. B. Jenny Lind sich von einer europäischen Gastfreundschaft geehrt fühlen, wenn sich hier die angesehensten Männer während der öffentlichen Feste an ihren Wagen heften. Wäre die Gründung von Krankenhäusern je solch einen Reklameaufwand wert?«

»Sie sprechen, als ob Sie eifersüchtig sind«, versetzte Mrs. Melvil, »Sie nehmen es dieser großen Künstlerin übel, nie einem Auftritt in Paris zugestimmt zu haben.«

»Nein, gewiss nicht, im Übrigen empfehle ich ihr nicht, dorthin zu fahren, da sie nicht den Empfang finden wird, wie Sie ihn ihr hier bereitet haben.«

»Da entgeht Ihnen etwas«, sagte Mr. Wilson.

»Weniger als ihr, meiner Meinung nach.«

»Zumindest verlieren Sie die Krankenhäuser«, sagte Mrs. Melvil lachend.

Die Diskussion verlief weiterhin in heiterem Ton. Nach einer Weile sagte Mr. Wilson zu mir:

»Wenn diese Werbeaktionen Sie interessieren, erwartet Sie etwas Fantastisches. Morgen findet die Versteigerung der ersten Eintrittskarten für das Konzert von Mrs. Sontag statt.«

»Eine Versteigerung, so als ob es sich um eine Eisenbahn handelte?«

»Wir nehmen sie ernst«, entgegnete Mr. Wilson.

»Zweifellos, und derjenige, der sich bis jetzt als Käufer mit den kühnsten Ansprüchen aufspielt, ist ganz einfach ein ehrlicher Hutmacher aus Albany.«

»Er ist also Musikliebhaber«, fragte ich.

»Er, dieser John Turner? … Er hasst Musik. Sie ist für ihn der schrecklichste Lärm.«

»Also, was ist sein Ziel?«

»Sich gut in der Öffentlichkeit zu präsentieren. Das ist Reklame. Man wird von ihm sprechen, nicht nur in der Stadt, sondern in den ganzen Vereinigten Staaten, sogar in Europa, und man wird seine Hüte kaufen. Er wird mit seinem Schund die ganze Welt beliefern.«

»Das ist doch nicht möglich!«

»Sie werden es morgen sehen, und wenn Sie einen Hut brauchen …«

»… dann werde ich ihn nicht bei ihm kaufen. Sie müssen ja scheußlich sein.«

»Ah, der wütende Pariser!«, rief Mrs. Melvil aus und stand auf.

Ich empfahl mich meinen Gastgebern und ging schlafen, um von diesen amerikanischen Merkwürdigkeiten zu träumen.

Am nächsten Tag wohnte ich der Versteigerung der berühmten Eintrittskarten zum Konzert von Mrs. Sontag mit einer Ernsthaftigkeit bei, die selbst dem kaltblütigsten Einwohner der Staaten alle Ehre gemacht hätte.

Der Hutmacher John Turner, der Held dieser neuen Überspanntheit, zog alle Blicke auf sich. Seine Freunde umringten und beglückwünschten ihn, als ob er die Unabhängigkeit seines Landes gerettet hätte. Andere ermutigten ihn. Es waren Wetten über seine Chancen und die seiner Konkurrenten abgeschlossen worden.

Die Auktion begann. Die erste Eintrittskarte stieg im Preis schnell von vier auf zweihundert, dreihundert Dollar. John Turner war sich sicher, das letzte Gebot abzugeben. Er überbot den Betrag seiner Gegner immer nur um eine kleine Summe, denn es hätte diesem mutigen Mann genügt, das Ticket, wenn nötig, mit nur einem Dollar Preisunterschied zu bekommen. Insgesamt rechnete er aber damit, Tausend Dollar für den Erwerb dieses Konzertplatzes bezahlen zu müssen. Die Zahlen drei-, vier-, fünf- und sechshundert folgten ziemlich schnell aufeinander. Die Zuhörerschaft war bis aufs Äußerste gespannt und das beifällige Geraune begrüßte jedes kühne Gebot.

»Verkauft für dreitausend Dollar«, verkündete der Auktionator.

Dieses erste Ticket hatte in den Augen aller einen unendlich hohen Wert, um die anderen kümmerte man sich recht wenig. Mit einem Wort, es war eine Ehrensache.

Plötzlich erschallte ein lang gezogenes »Ah«. Der Hutmacher hatte mit lauter Stimme »Tausend Dollar« gerufen.

»Tausend Dollar«, wiederholte der Auktionator. »Niemand bietet mehr? Sagt jemand mehr?«

In der Stille, die sich zwischen diesen Ausrufen ausbreitete, spürte man ein Schaudern im Saal. Ich war gegen meinen Willen beeindruckt. Turner, seines Triumphes sicher, ließ einen befriedigten Blick über seine Bewunderer schweifen. Er hielt einen Stoß Geldscheine einer der sechshundert Banken der Vereinigten Staaten in der Hand und wedelte damit, während nochmals gefragt wurde:

»Tausend Dollar zum …«

»Dreitausend Dollar!«, schrie eine Stimme, die mich den Kopf wenden ließ.

»Hurra!«, rief der Saal begeistert.

»Dreitausend Dollar«, wiederholte der Auktionator.

Vor einem solchen Käufer hatte der Hutmacher den Kopf gebeugt und war unbemerkt inmitten der allgemeinen Begeisterung geflohen.

»Verkauft für dreitausend Dollar«, verkündete der Auktionator ein letztes Mal.

Ich sah niemand anderen als Augustus Hopkins, den freien Bürger der Vereinigten Staaten von Amerika, nach vorne kommen. Selbstverständlich wurde er augenblicklich zur Berühmtheit und es blieb lediglich übrig, Hymnen zu seinen Ehren zu komponieren.

Ich konnte nur unter großen Mühen den Saal verlassen und mir einen Weg durch die zehntausend Leute bahnen, die den triumphalen Käufer an der Tür erwarteten. Sobald er erschien, erklangen Beifallsrufe. Zum zweiten Mal seit dem Vorabend wurde er von der hingerissenen Bevölkerung zum Hotel *Washington* begleitet. Er dagegen grüßte auf zugleich bescheidene und hochmütige Weise, und am Abend erschien er auf allgemeinen Wunsch auf dem großen Balkon des Hotels, wo ihn eine entfesselte Menge Beifall spendete.

»Nun, was denken Sie?«, fragte Mr. Wilson, als ich ihn nach dem Abendessen von den Zwischenfällen des Tages unterrichtet hatte.

»Ich denke, dass Mrs. Sontag mir als Franzosen und als Pariser gnädigerweise einen Platz zu meiner Verfügung stellen wird, ohne dass ich um die fünfzehntausend Francs bezahlen muss.«

»Das denke ich auch«, antwortete Mr. Wilson, »aber wenn dieser Mr. Hopkins ein geschickter Mann ist, können ihm diese dreitausend Dollar hunderttausend einbringen. Ein Mann, der diesen Grad an Exzentrizität erreicht hat, muss sich nur bücken, um Millionen aufzuheben.«

»Wer mag das nur sein, dieser Hopkins«, sagte Mrs. Melvil.

Und genau das fragte sich zur selben Zeit die gesamte Stadt Albany.

Die Ereignisse würden es zeigen.

Tatsächlich kamen einige Tage später neue Kisten von noch außergewöhnlicherer Form und Größe mit dem Dampfer aus New York an. Eine von ihnen, die einem Haus nicht unähnlich war, drang unvorsichtigerweise oder vorsichtig, wie man's nimmt, in eine enge Straße eines der Vororte Albanys ein. Bald konnte sie weder vor- noch zurückbewegt werden und musste dort bleiben, unbeweglich wie ein Felsquader. Vierundzwanzig Stunden lang kamen die Einwohner der Stadt herbei, um dieses Spektakel anzusehen. Hopkins nutzte die Ansammlungen, um seinen Hokuspokus zu veranstalten. Er wetterte gegen die unfähigen Architekten des Ortes und redete von nichts Geringerem als von der Verlegung der Straßen der Stadt, damit seine Fracht passieren konnte.

Es wurde schnell klar, dass man die Wahl zwischen zwei Möglichkeiten hatte: entweder die Kiste, deren Inhalt die neugierigen Gemüter stark beunruhigte, zu zerlegen oder das den Durchgang behindernde Bauwerk niederzureißen. Die Neugierigen aus Albany hätten zweifellos die erste Option befürwortet, aber Hopkins sah das nicht so. Es musste etwas getan werden. Der Verkehr im Viertel war zum Erliegen gekommen und die Polizei drohte damit, die Demontierung der Kiste gerichtlich anordnen zu lassen. Hopkins löste das Problem, indem er das störende Haus kaufte und es dann abreißen ließ.

Man kann sich vorstellen, dass dieser letzte Schachzug ihn auf den Gipfel der Berühmtheit katapultierte. Sein Name und seine Geschichte machten die Runde in allen Salons. Im Zirkel der Unabhängigen und im Zirkel der Union war nur von ihm die Rede. Neue Wetten über die Vorhaben dieses mysteriösen Mannes wurden in den Cafés der Stadt abgeschlossen. Die Zeitungen ließen sich zu den gewagtesten Vermutungen hinreißen, was zeitweilig sogar die öffentliche Aufmerksamkeit von den zwischen Kuba und den Vereinigten Staaten aufgekommenen Konflikten ablenkte. Ich glaube zudem, dass es ein Duell zwischen einem Geschäftsmann und einem Offizier aus Albany gab, dessen Sieger Hopkins hieß.

Als das Konzert von Mrs. Sontag, dem ich im Gegensatz zu unserem geräuschvollen Helden als stiller Zuhörer beiwohnte, schließlich stattfand, hätte dessen alles andere in den Schatten stellende Anwesenheit den Auftritt der Sängerin fast zum Scheitern gebracht.

Schließlich wurde das Geheimnis gelüftet und bald versuchte auch Augustus Hopkins nicht mehr, es zu verschleiern. Dieser Mann war ganz einfach ein Unternehmer, der kam, um in Albanys Umgebung eine Art Weltausstellung zu errichten. Er versuchte auf eigene Kosten eine von jenen Unternehmungen, deren Monopol bisher die Regierungen besaßen.

Zu diesem Zweck hatte er drei Meilen von Albany entfernt eine riesige unbebaute Ebene gekauft. Auf diesem verlassenen Gelände standen nur noch die Ruinen des Fort William, das früher die englischen Handelsposten an der kanadischen Grenze beschützte.

Hopkins beschäftigte sich bereits mit der Anwerbung von Arbeitern, um mit seinen gigantischen Arbeiten zu beginnen. Seine riesigen Kisten beinhalteten zweifellos Werkzeuge und Maschinen für seine Bauwerke.

Sobald diese Nachricht sich bis an die Börse von Albany ausgebreitet hatte, beschäftigte sie die Händler aufs Stärkste. Jeder versuchte, den großen Unternehmer zu erreichen, um ihm Aktienversprechen abzunehmen. Aber Hopkins antwortete ausweichend auf alle Anfragen. Das wiederum verhinderte nicht, dass sich ein fiktiver Aktienkurs für diese imaginären Aktien etablierte. Und diese Geschäfte begannen alsbald enorme Ausmaße anzunehmen.

»Dieser Mann«, sagte eines Tages Mr. Wilson zu mir, »ist ein sehr geschickter Spekulant. Ich weiß nicht, ob er Millionär ist oder bettelarm, denn man muss Job oder Rothschild sein, um solche Unternehmungen zu starten. Aber er wird sicher viel Geld machen.«

»Ich weiß weder, was ich glauben, noch, wen von beiden ich bewundern soll, mein lieber Mr. Wilson: den Mann, der derartige Geschäfte wagt, oder ein Land, das sie unterstützt und befürwortet, ohne mehr davon wissen zu wollen.«

»Nur so hat man Erfolg, mein lieber Herr.«

»… oder so ruiniert man sich«, antwortete ich.

»Nun ja«, erwiderte Mr. Wilson, »Sie müssen wissen, dass ein Ruin in Amerika alle reich macht und niemanden ruiniert.«

Ich konnte gegen Mr. Wilson nur recht behalten, wenn mir die Fakten halfen. In höchstem Maße ungeduldig erwartete ich also das Resultat dieser Manöver. Ich sammelte alle, auch die noch so unbedeutendsten Neuigkeiten über das Unternehmen von Augustus Hopkins und las die Zeitungen, die uns jeden Tag unterrichteten. Die ersten Arbeiter waren entsandt worden, die Ruinen begannen zu verschwinden. Es war nur noch von diesen Arbeiten, deren Vollendung einen wahrhaften Enthusiasmus erforderte, die Rede. Die Anfragen kamen von allen Seiten: von New York, von Albany, Boston und Baltimore. Die »*Musical Instruments*«, die »*Daguerreotype Pictures*«, die »*Abdominal Supporters*«, die »*Centrifugal Pumps*«, die »*Square Pianos*« bewarben sich um die besten Plätze. Die amerikanische Fantasie war stets sehr lebhaft. Man sicherte zu, dass um die Ausstellung herum eine ganze Stadt entstehen würde. Man verlieh Augustus Hopkins den Auftrag, in Konkurrenz zu New Orleans eine Stadt zu errichten und ihr seinen Namen zu geben. Man fügte gleich noch hinzu, dass diese wegen ihrer Nähe zur Grenze selbstverständlich befestigte Stadt bald Hauptstadt der Vereinigten Staaten würde. Etc., etc.

Während diese Übertreibungen in Umlauf waren und sich in den Gehirnen der Leute vermehrten, bewahrte der Held des Aufruhrs Stillschweigen. Er kam regelmäßig an die Börse von Albany, erkundigte sich nach den Geschäften, nahm die Gewinne zur Kenntnis, sprach aber kein Wort über seine umfangreichen Pläne. Man wunderte sich sogar, dass ein Mann mit seiner Macht keinerlei Eigenwerbung betrieb. Vielleicht schätzte er diese Möglichkeiten als zu gewöhnlich ein, um ein Unternehmen erfolgreich zu machen, und verließ sich auf die eigenen Verdienste.

Nun denn, an diesem Punkt waren die Dinge jedenfalls angelangt, als eines schönen Morgens der *New York Herald* in seinen Spalten die folgende Nachricht veröffentlichte:

> *»Jeder weiß, dass die Arbeiten an der Weltausstellung von Albany sehr schnell vorangehen. Schon sind die Ruinen des alten Fort Williams verschwunden und unter allgemeiner Begeisterung werden die Fundamente der wundervollen Gebäude ausgehoben. Vor Kurzem förderte die Spitzhacke eines Arbeiters die Reste eines enormen Skeletts zutage, das seit Tausenden von Jahren dort verborgen lag. Beeilen wir uns hinzuzufügen, dass diese Entdeckung in keiner Weise die Arbeiten beeinträchtigen wird, die den Vereinigten Staaten von Amerika ein Achtes Weltwunder bescheren sollen.«*

Ich verfolgte diese Zeilen mit nur eingeschränkter Aufmerksamkeit, was dem Gewimmel zahlloser, die amerikanischen Zeitungen überschwemmenden Kurznachrichten geschuldet war. Ich ahnte nicht, was sich später daraus entwickeln sollte.

Es ist wahr, dass diese Entdeckung, von Augustus Hopkins selbst mitgeteilt, eine außergewöhnliche Bedeutung gewann. So sehr er sich auch reserviert zeigte, was die Erklärungen zu seinen Plänen jenseits seines großen Unternehmens betraf, so sehr war er verschwenderisch mit Worten, Kommentaren, Schlussfolgerungen hinsichtlich der Exhumierung des wunderbaren Skeletts. Man könnte sagen, er brachte alle seine finanziellen Pläne und Spekulationen mit diesem Fund in Zusammenhang. Dieser Fund schien wirklich wunderbar zu sein. Die Grabungen waren laut den Anweisungen Hopkins' mit dem Ziel durchgeführt worden, das andere Ende des gigantischen Fossils zu entdecken. Jedoch drei Tage Arbeit führten zu keinerlei Ergebnis. Man konnte nicht vorhersehen, bis wohin sich die erstaunlichen Überreste erstrecken würden, als Hopkins, der selbst tiefe Aushebungen zweihundert Fuß von den ersten entfernt vornahm, schließlich das Ende dieses zyklopischen Gerippes fand.

Die Neuigkeit breitete sich in Windeseile aus, und diese in den Annalen der Geologie einzigartige Entdeckung nahm den Charakter eines Geschehens von Weltrang an. Mit ihrem beeindruckenden, beweglichen und zur

Übertreibung neigenden Naturell zögerten die Amerikaner nicht, die Neuigkeit, deren Bedeutung sie nach Belieben aufbauschten, zu verbreiten. Man fragte sich, woher diese riesigen Trümmer kommen konnten, was man aus ihrem Vorhandensein in heimischem Boden schließen sollte. Daraufhin wurden, dieses Thema betreffend von der Industrie Albanys Untersuchungen angestellt.

Dieses Problem, ich gebe es zu, interessierte mich mehr als die glänzende Zukunft der Industriekomplexe und die exzentrischen Spekulationen der Neuen Welt. Ich legte mich auf die Lauer, um nicht das geringste Ereignis in dieser Angelegenheit zu verpassen. Das war nicht schwierig, denn die Zeitungen berichteten auf jede mögliche Weise von ihnen. Übrigens konnte ich mich glücklich schätzen, vom Bürger Hopkins selbst ins Bild gesetzt zu werden.

Seit seinem Erscheinen in Albany war dieser sonderbare Mann durch die bessere Gesellschaft in Augenschein genommen worden. In den Vereinigten Staaten, wo die Sparte der Geschäftsleute hinsichtlich des Ansehens der der Adelsklasse in Europa entsprach, war es nur natürlich, dass ein solch kühner Spekulant mit allen ihm gebührenden Ehren empfangen wurde. Er wurde also mit charakteristischem Eifer in die Zirkel und zum Tee in die Familien eingeladen. So traf ich ihn eines Abends im Salon von Mr. Wilson. Natürlich unterhielt man sich nur über die Nachrichten des Tages. Mr. Hopkins kam dabei allen Fragen zuvor. Er gab uns eine interessante, gründliche, gelehrte und geistvolle Beschreibung seiner Entdeckung, darüber, wie sie sich ereignet hatte und über die unberechenbaren Konsequenzen. Er ließ gleichzeitig durchblicken, dass er darüber nachdachte, Profit daraus zu schlagen.

»Unsere Arbeiten«, sagte er uns, »sind momentan unterbrochen, da sich zwischen den ersten und letzten Grabungen, die die Enden des Skeletts freilegten, ein beträchtliches Gebiet erstreckt, auf dem sich schon einige meiner neuen Bauten erheben.«

»Aber sind Sie sicher«, fragte man ihn, »dass sich in dieser noch unerforschten Erde zwischen den beiden Enden des Tieres der Rest des Skeletts befindet?«

»Daran kann es nicht den geringsten Zweifel geben«, antwortete Hopkins mit Nachdruck. »Nach den Knochenfragmenten zu urteilen, die wir ausgegraben haben, muss dieses Tier gigantische Ausmaße besitzen und wird die Größe des früher im Tal des Ohio gefundenen berühmten Mastodons bei Weitem übertreffen.«

»Glauben Sie?«, fragte ein gewisser Mr. Cornut, eine Art Naturwissenschaftler, der die Wissenschaft betrieb wie seine Landsleute den Handel.

»Ich bin sicher«, antwortete Hopkins. »Von seiner Struktur her gehört das Monster offensichtlich zur Ordnung der Pachydermen, denn es besitzt alle Eigenschaften, die von Mr. von Humboldt so genau beschrieben worden sind.«

»Welch ein Unglück«, rief ich aus, »dass man es nicht ganz ausgraben kann.«

»Und wer hindert uns daran?«, fragte Mr. Cornut lebhaft.

»Aber diese neuen Gebäude …«

Kaum hatte ich diese mir völlig richtig erscheinende Äußerung getan, wurde ich von allen Seiten herablassend belächelt. Es erschien diesen mutigen Geschäftsleuten ganz einfach, alles niederzureißen – nicht nur die Gebäude – um einen Bewohner des Pleistozäns auszugraben. Niemand war also erstaunt, Hopkins sagen zu hören, dass er schon diesbezüglich Anweisungen gegeben hätte. Jeder gratulierte ihm von ganzem Herzen und fand, dass der Zufall zurecht die unternehmungslustigen und verwegenen Männer begünstigte. Ich für meinen Teil beglückwünschte ihn aufrichtig und verpflichtete mich, als einer der ersten seine großartige Entdeckung zu besichtigen. Ich versprach ihm sogar, mich zum *Exhibition Parc* zu begeben, eine bereits öffentlich verbreitete Bezeichnung, aber er bat mich zu warten, bis die Ausgrabungen vollständig beendet seien, da man die Größe des Fossils noch nicht beurteilen könne.

Vier Tage später gab der *New York Herald* neue Details über das riesenhafte Skelett bekannt. Es waren weder die Knochen eines Mammuts oder eines Mastodons, noch die eines Pterodaktylus oder eines Plesiosauriers, denn alle seltsamen Namen der Paläontologie trafen nachgewiesenermaßen nicht zu. Alle oben erwähnten Trümmer gehörten zur dritten, eher zur zweiten geologischen Epoche, während die von Hopkins geführten Ausgrabungen bis in die primitiven Schichten der Erdrinde, in der bisher keine Fossilien gefunden worden waren, vorstießen. Diese internen Erkenntnisse der Wissen-

Der Text erschien in allen amerikanischen Zeitungen.

schaft, von denen die Geschäftsleute der Vereinigten Staaten nicht viel verstanden, hatten eine beträchtliche Wirkung. Was sollte man nun anderes schlussfolgern, als dass das Monster weder Molluske noch Pachyderme, Nagetier, Wiederkäuer, Fleischfresser oder amphibisches Säugetier war, sondern ein Mensch? Und dieser Mensch ein Riese von mehr als vierzig Metern Höhe? Man konnte also die Existenz einer riesenhaften Rasse, die vor der unsrigen lebte, nicht mehr negieren. Falls die Tatsache der Wahrheit entsprach und alle sie als solche akzeptierten, mussten die bestehenden geologischen Theorien berichtigt werden, denn, sobald man unterhalb der Ablagerungen aus dem Pleistozän Fossile findet, beweist dies, dass sie auch in einer dem Pleistozän vorangegangenen Epoche eingeschlossen wurden.

Der Artikel aus dem *New York Herald* sorgte für eine enorme Sensation. Der Text erschien in allen amerikanischen Zeitungen. Dieses Thema stand überall auf der Tagesordnung und die hübschesten Münder der Neuen Welt sprachen die widerspenstigsten wissenschaftlichen Fachbegriffe aus. Heiße Debatten wurden geführt. Man rechnete sich von der Entdeckung die achtbarsten Konsequenzen für den geweihten amerikanischen Grund und Boden aus, dem man nun anstelle von Asien zuschrieb, die Wiege der Menschheit zu sein. Im Kongress der Akademien wies man ernsthaft nach, dass Amerika von den ersten Tagen des Bestehens der Erde bewohnt und Ausgangspunkt zunehmender Völkerwanderungen gewesen sei. Der Neue Kontinent machte der Alten Welt die Ehren der Antike streitig. Voluminöse, von patriotischem Ehrgeiz inspirierte Abhandlungen wurden über diese ernste Frage geschrieben. Schließlich bewies eine Versammlung von Gelehrten, deren Gesprächsprotokoll in allen Organen der amerikanischen Presse veröffentlicht und kommentiert wurde, glasklar, dass das irdische Paradies von Pennsylvania, Virginia und dem Eriesee begrenzt gewesen war und früher die aktuelle Fläche des Bundesstaates Ohio eingenommen hatte.

Ich gebe zu, dass mich alle diese Träumereien ausnehmend stark in ihren Bann zogen. Ich sah Adam und Eva blutrünstige Tierherden befehligen, die, im Gegensatz zu den Ufern des Euphrat, wo man von ihnen nicht die geringste Spur fand, in Amerika nun keine Fiktion mehr waren. Die Schlange der Versuchung nahm in meinen Gedanken die Form einer Boa Constrictor oder einer Klapperschlange an. Aber was mich am meisten verblüffte, war, dass man dieser Entdeckung mit einer Gehorsamkeit und wunderbaren Nachlässigkeit glaubte. Niemandem kam die Idee, dass das berühmte Skelett ein Bluff, ein Schwindel oder ein Humbug, wie es die Amerikaner nannten, sein könnte. Und nicht einer dieser so enthusiastischen Gelehrten dachte auch nur einen Augenblick daran, sich das Wunder, das die Gemüter so in Wallung brachte, mit eigenen Augen anzusehen. Ich teilte diese Auffassung Mrs. Melvil mit.

»Wozu sich daran stören«, sagte sie mir. »Wir werden unser liebes Monster schon zu gegebener Zeit sehen. Was seine Struktur und sein Aussehen angeht, kennen wir beides, denn in ganz Amerika kann man keinen Schritt mehr gehen, ohne es in den erfinderischsten Formen dargestellt zu bekommen.«

Und da wurde das Spekulationsgenie schließlich offenkundig. So sehr Augustus Hopkins sich reserviert gezeigt hatte, als es um die Lancierung seiner Ausstellung ging, so sehr entfaltete er Inbrunst und Erfindungsgeist, um seinen Landsleuten sein rätselhaftes Skelett schmackhaft zu machen. Überdies war ihm alles erlaubt, seitdem seine Wunderlichkeiten die ganze öffentliche Aufmerksamkeit auf sich gezogen hatten.

Bald waren die Mauern der Stadt übersät von gewaltigen Farbplakaten, welche das Monster unter verschiedensten Aspekten zeigten. Hopkins schöpfte alle bekannten Möglichkeiten der Plakatkunst aus. Er benutzte die auffälligsten Farben. Er beklebte mit diesen Plakaten die Häuserwände, die Kaimauern und die Bäume der Promenaden. Auf den einen waren die Linien diagonal gezogen, auf den anderen stand die Reklame in monströsen, mit der Bürste aufgetragenen Buchstaben, welche die Aufmerksamkeit der Passanten erzwangen. Menschen in Hemden und Mänteln, auf denen das Skelett appliziert war, gingen in den Straßen spazieren. Am Abend projizierten Scheinwerfer die schwarzen Umrisse des Skeletts auf immense Transparente.

Hopkins gab sich aber nicht mit den in Amerika gebräuchlichen Werbemethoden zufrieden. Die Plakate und die jeweils vierte Seite der Zeitungen reichten ihm nicht mehr. Er führte einen regelrechten Unterricht in »Skelettologie« durch, zu dem er die Cuviers, Blumenbachs, Backlands, Links, Stembergs, Brongnarts und hundert andere, die über Paläontologie geschrieben hatten, einlud. Seine Unterrichtsveranstaltungen wurden verfolgt und beklatscht, bis zu dem Moment, als zwei Personen an der Tür den Erstickungstod fanden.

Es versteht sich von selbst, dass Meister Hopkins ihnen ein wunderschönes Begräbnis zuteilwerden ließ und dass das Banner des Totengefolges die unvermeidlichen Formen des Fossils schmückten.

Alle diese Methoden waren ausgezeichnet für Albany und seine Umgebung selbst, aber es galt, das Geschäft in ganz Amerika anzukurbeln. Mr. Lumley in England beispielsweise schlug den Seifenhändlern in der Anfangszeit von Jenny Linds Karriere vor, Gussformen mit dem eingeprägten Bildnis der illustren Sängerin zu liefern. Dies wurde akzeptiert und führte zu einem ausgezeichneten Resultat, denn man wusch sich fortan die Hände mit den Gesichtszügen der berühmten Künstlerin. Hopkins bediente sich der gleichen Methode. Infolge der mit den Fabrikanten abgeschlossenen Verträge boten die Kleiderstoffe dem guten Geschmack des Käufers das Bild des prähistorischen Wesens dar. Die Hüte wurden mit dem Skelettmotiv neu gefüttert. Das setzte sich fort bis hin zu den Tellern, die die Spuren des berauschenden Phänomens zeigten etc. Es war unmöglich, es zu verhindern: Zog man sich an, kämmte man sich, speiste man, immer befand man sich in interessanter Gesellschaft.

Der Effekt dieser Hochdruckwerbung war immens. Als die Zeitungen, die Trommeln, die Trompeten und die Gewehrsalven ankündigten, dass das Wunder demnächst dem Publikum zwecks Bewunderung vorgestellt würde, gab es ein großes Hurra. Von da an begann man, einen riesigen Saal vorzubereiten, um, wie die Reklame versprach, »nicht nur die begeisterten, zahllosen Besucher zu fassen, sondern auch das Skelett eines dieser Riesen, die laut Legende den Himmel erklimmen wollten«.

Ich musste Albany in einigen Tagen verlassen und bedauerte sehr, den Aufenthalt nicht wenigstens um die Zeitspanne verlängern zu können, die es mir ermöglicht hätte, bei der Eröffnung dieses außergewöhnlichen Spektakels dabei zu sein. Um nicht abreisen zu müssen, ohne immerhin etwas gesehen zu haben, beschloss ich, heimlich in den *Exhibition Parc* zu gehen.

Also begab ich mich eines Morgens, mein Gewehr geschultert, dorthin. Ich marschierte ungefähr drei Stunden gen Norden, ohne dass ich eine präzise Auskunft hinsichtlich der Lage meines Ziels bekommen hätte. So lief ich denn in Richtung des alten Fort Williams und kam nach fünf oder sechs Meilen Fußweg ebendort an. Ich befand mich inmitten einer gewaltigen Ebene, die nur wenige Spuren einer Bautätigkeit jüngeren Datums aufwies. Ein beträchtliches Gebiet war von einem Holzzaun hermetisch abgeriegelt. Ich wusste nicht, ob jener das Gelände der Ausstellung begrenzte, was mir dann aber von einem Trapper bestätigt wurde, den ich in der Gegend traf und der in Richtung Kanada unterwegs war.

»Das ist genau hier«, sagte er, »aber ich weiß nicht, was hier läuft, denn heute Morgen hörte ich etliche Karabinerschüsse.«

Ich dankte ihm und setzte meine Nachforschungen fort.

Von außen sah ich nicht die geringsten Spuren von Bauarbeiten. Absolute Stille herrschte auf dieser unwirtlichen Ebene, der die gigantischen Konstruktionen Leben und Bewegung einhauchen sollten.

Da ich, um meine Neugier zu befriedigen, in das umzäunte Terrain eindringen musste, beschloss ich, es zunächst zu umrunden und einen möglichen Zugang zu finden. Ich ging lange, ohne so etwas wie eine Tür zu entdecken. Ziemlich enttäuscht gelangte ich an einen Spalt, ein einfaches Loch, an das ich mein Auge hielt, als ich in einem Winkel der Umzäunung Bretter und umgestürzte Pfeiler bemerkte.

Ich zögerte nicht, die Barriere zu überwinden. Ich betrat also ein wüstes Terrain. Losgesprengte Felsquader lagen herum. Erdhügel bedeckten den Boden und sahen aus wie Wellen auf dem stürmischen Meer. Ich kam an den Rand einer tiefen Grube, auf deren Grund sich eine Menge Knochen türmten.

Vor meinen Augen befand sich also das Objekt der Begierde, der Gegenstand von derart viel Reklame. Was ich hier sah, hatte ganz und gar nichts Ungewöhnliches an sich. Es war eine Anhäufung aller möglichen, in tausend Stücke zerbrochenen Knochenfragmente. Die Zerstörung einiger von ihnen schien jüngeren Datums zu sein. Ich erkannte keineswegs die wichtigsten Teile des menschlichen Skeletts, die entsprechend der Ankündigungen monströse Dimensionen haben müssten. Ohne viel Fantasie zu haben, konnte man sich hier an einen Holzkohlemeiler versetzt fühlen, das war alles.

Ich war sehr verwirrt, wie man sich denken kann, und glaubte mich selbst schon Opfer eines Irrtums, als ich an einer von Fußspuren stark durchwühlten Böschung einige Blutstropfen entdeckte. Indem ich den Spuren folgte, gelangte ich an die Öffnung, wo mich neue Blutstropfen, die ich vorher nicht gesehen hatte, in Schrecken versetzten. Neben den Flecken lag ein von Schießpulver geschwärztes Stück Papier, das meine Aufmerksamkeit auf sich zog. All das passte zu dem, was mir der Trapper erzählt hatte.

Ich sammelte die Papierfragmente ein. Nicht ohne Mühe entzifferte ich einige der Worte. Es handelte sich um eine Lieferquittung eines gewissen Mr. Barckley, ausgestellt an Mr. Hopkins. Nichts ließ auf die Art des gelieferten Objekts schließen, aber neue hier und da gefundene Teile brachten Erkenntnis. Wenn auch meine Enttäuschung groß war, so konnte ich doch ein Lachen nicht unterdrücken. Ich befand mich sehr wohl in Gegenwart des angeblichen Riesen und seines Skeletts, jedoch eines Skeletts, das sich aus Teilen von Tieren zusammensetzte, die früher unter den Namen Büffel, Färse, Kuh, Ochse in den Weiten Kentuckys gelebt hatten. Mr. Barckley war lediglich ein Fleischer aus New York, der dem berühmten Mr. Hopkins eine gewaltige Menge Knochen geliefert hatte. Diese Fossilien dort hatten bestimmt niemals den Pelion auf den Berg Ossa geworfen, um auf diesem Weg den Olymp zu ersteigen. Ihre Reste befanden sich an diesem Ort nur aufgrund der Bemühungen eines illustren Schwindlers, der damit rechnete, sie zufällig zu entdecken, wenn er die Fundamente von Palästen aushob, die es niemals geben sollte.

An diesem Punkt meiner Überlegungen angekommen hätte ich sogar lauthals gelacht, wenn ich nicht genau wie meine Gastgeber Opfer dieses unglaublichen Schwindels gewesen wäre. Da erklangen von draußen frohe Schreie.

Ich rannte zu dem Spalt und sah Augustus Hopkins, der wiederum mit einem Karabiner in der Hand angelaufen kam und große Freude bekundete. Ich ging zu ihm. Er schien keineswegs beunruhigt, mich am Schauplatz seiner Heldentaten zu sehen.

»Sieg! … Sieg!«, schrie er.

Die zwei Schwarzen marschierten ein wenig hinter ihm. Was mich betraf, so hatte mich die Erfahrung gelehrt, auf der Hut zu sein, da ich annahm, dass dieser waghalsige Spaßvogel mich überrumpeln wolle.

»Sieg! … Sieg!«, schrie er.

»Ich bin glücklich, einen Zeugen dafür zu haben, was mir passiert ist. Sie sehen vor sich einen Mann, der von der Tigerjagd zurückkommt«, sagte er.

»Von der Tigerjagd?!«

Ich wiederholte seine Worte, entschlossen, ihm nicht ein Wort zu glauben.

»Auf den roten Tiger«, fügte er hinzu, »auch Puma genannt, der sich des Rufes erfreut, sehr grausam zu sein. Dieser Teufel brach in meine Umzäunung ein, wie Sie sehen. Er hat die Barrieren durchbrochen, die bisher der allgemeinen Neugier standgehalten hatten, und zerfetzte mein herrliches Skelett. Sobald ich davon erfuhr, zögerte ich nicht, ihn auf Leben und Tod zu jagen. Drei Meilen von hier traf ich auf ihn; ich sah ihn an; er fixierte mich mit seinen furchterregenden Augen. Er stürzte sich mit einem Sprung auf mich, den er nur deshalb nicht vollenden konnte, weil ich ihm eine Kugel in die Schulter verpasst hatte. Das war der erste Gewehrschuss meines Lebens. Aber tausend Teufel! Die Beute wird mir alle Ehre machen und ich würde sie nicht für eine Milliarde Dollar hergeben.«

›Hier sind die Millionen, die kommen werden‹, dachte ich.

In diesem Moment tauchten die zwei Schwarzen mit dem Kadaver eines großen roten Tigers auf, eines Tieres, das fast unbekannt ist in diesem Teil Amerikas. Sein Fell war von einem gleichmäßigen Lederbraun, seine Ohren genau wie die Schwanzspitze schwarz. Ich wollte gar nicht wissen, ob Hopkins ihn wirklich selbst erlegt oder ihn sich passenderweise von irgendeinem Barcklay tot und in Stroh verpackt hatte liefern lassen, denn ich war zu überrascht von seinem Gleichmut, mit dem er über das Skelett sprach. Schließlich war klar, dass ihn diese Geschichte mehr als hunderttausend Francs kosten würde.

Ich wollte ihm nicht mitteilen, dass der Zufall mir das Geheimnis seiner Schwindeleien enthüllt hatte – er wäre imstande, es mir heimzuzahlen –, ich fragte ihn nur, wie er aus dieser Sackgasse herauskommen wolle.

»Du meine Güte! Von welcher Sackgasse sprechen Sie?«, antwortete er. »Was auch immer ich jetzt mache, ich werde Erfolg haben. Eine Bestie hat das wunderbare Fossil zerstört, das von allen wegen seiner Einmaligkeit vergöttert wird, aber mein Prestige, meinen Einfluss hat sie nicht zerstört. Und meine Position als berühmter Mann kommt mir zugute.«

»Aber wie ziehen Sie sich gegenüber dem begeisterten und ungeduldigen Publikum aus der Affäre?«, fragte ich ernst.

»Indem ich ihm die Wahrheit sage, nichts als die Wahrheit.«

»Die Wahrheit?!«, rief ich aus und fragte mich, was er wohl unter diesem Wort verstehen mochte.

»Zweifellos«, erklärte er absolut ruhig. »Ist es etwa nicht wahr, dass dieses Tier in meine Umzäunung eingebrochen ist? Ist es etwa nicht wahr, dass es die herrlichen Knochen, die ich mit so viel Mühe ausgegraben habe, zerstörte? Ist es etwa nicht wahr, dass ich es verfolgt und erlegt habe?«

›Das sind‹, dachte ich, ›eine Menge Dinge, die ich nicht beschwören möchte.‹

»Das Publikum«, fuhr er fort, »kann keine Ansprüche darüber hinaus erheben, weil es die ganze Geschichte kennt. Dazu erlange ich den Ruf, mutig zu sein. Was will ich mehr? Berühmt auf der ganzen Linie.«

»Aber was bringt Ihnen denn dieses Berühmtsein?«

»Reichtum, wenn ich es gut ausspiele. Einem bekannten Mann ist alles gestattet. Er kann alles wagen, alles unternehmen. Wenn Washington nach der Kapitulation von York Town zweiköpfige Kälber hätte zeigen wollen, hätte er gewiss eine Menge Geld verdient.«

»Das ist möglich«, antwortete ich ernsthaft.

»Das ist gewiss«, wiederholte Augustus Hopkins. »Ich bin lediglich unsicher bezüglich der Wahl der zu zeigenden, zu vermarktenden Objekte.«

»Ja, die Wahl ist schwierig«, sagte ich. »Tenöre sind aus der Mode, Tänzerinnen haben ihre besten Zeiten hinter sich. Die Siamesischen Zwillinge haben gelebt und die Robben bleiben stumm, trotz der hervorragenden Professoren, die sie auszubilden versuchten.«

»Ich kümmere mich nicht um derartige Wunder. Wie unmodern, heruntergekommen, tot und stumm Robben, Siamesen, Tänzerinnen und Tenöre auch sein mögen, sie sind immer noch zu gut für einen Mann wie mich, der so viel von sich hält. Zu gering die Herausforderung … Ich hoffe doch, das Glück zu haben, Sie in Paris zu treffen, mein werter Herr.«

»Gedenken Sie, in Paris das wertlose Objekt zu finden, das erst aufgrund Ihres Verdienstes zu herrlicher Geltung kommen soll?«, fragte ich ihn.

»Vielleicht«, antwortete er, »wenn ich auf irgendeine Hausmeisterstochter treffe, die ohne mich nie an einem Konservatorium angenommen worden wäre, mache ich sie zur größten Sängerin der beiden Amerikas.«

Mit diesen Worten verabschiedeten wir uns und ich ging zurück nach Albany. Am selben Tag noch kam die schreckliche Neuigkeit ans Licht. Hopkins betrachtete man als ruinierten Mann. Beträchtliche Vorbestellungen erschlossen sich zu seinen Gunsten. Jeder begab sich zum *Exhibition Parc*, um sich ein Bild von den Ausmaßen des Desasters zu machen, was dem Spekulanten nicht wenig Geld einbrachte. Zu einem exorbitanten Preis verkaufte er das Fell des Pumas, der ihn ruiniert hatte, und bewahrte seinen Ruf als geschäftstüchtigster Mann der Neuen Welt.

Ich für meinen Teil fuhr nach New York zurück, anschließend nach Frankreich, die reichen Vereinigten Staaten ohne das Wissen um einen weiteren großartigen Schwindel zurücklassend. Aber es gibt ihrer ja ohnehin zahllose. Ich nahm die Erkenntnis mit, dass die Zukunft eines jeden Künstlers ohne Talent, eines Sängers ohne Stimme, eines Springers ohne Seil wirklich schrecklich wäre, wenn Christoph Kolumbus Amerika nicht entdeckt hätte.

WORTERKLÄRUNGEN

Abdominal Supporters
Bauchbinden; gemeint ist eigentlich ein sogenannter Kummerbund, den man direkt um den Bauch trägt. Vermutlich verwendete Verne den Begriff (ebenso wie die anderen englischen Begriffe in der Aufzählung), um zu zeigen, auf welch absurde Arten man in den USA zu jener Zeit Produkte bewarb.

Backland
Gemeint ist sicher William Buckland (1784–1856), ein englischer Theologe, Geologe und einer der frühen Paläontologen.

Blumenbach
Johann Friedrich Blumenbach (1752–1840) war ein deutscher Anatom, Anthropologe und Zoologe.

Brongnart
Wahrscheinlich ist Brongniart gemeint. Dabei handelt es sich entweder um Alexandre Brongniart (1770–1847), einen französischen Chemiker, Mineralogen, Geologen, Zoologen und Paläontologen oder um seinen Sohn Adolphe Théodore Brongniart (1801–1876), einen französischen Botaniker und Phytopaläontologen.

Centrifugal Pumps
Zentrifugal- oder Kreiselpumpen.

Christoph Kolumbus
Christoph Kolumbus (1451–1506) war ein italienischer Seefahrer und Entdecker, der, in kastilischen Diensten stehend, 1492 Amerika entdeckte.

Companie des Indes
Die französische Ostindienkompanie mit Sitz in der Bretagne, aktienbasierte Handelskompanie des 17. und 18. Jahrhunderts.

Cuvier
Georges Léopold Chrétien Frédéric Dagobert, Baron de Cuvier (1769–1832) war ein französischer Zoologe und Paläontologe.

Daguerreotype Pictures
Daguerrografien oder auch Daguerrotypie; eine aus dem 19. Jahrhundert stammende frühe Form der Fotografie, die nach ihrem Erfinder, Louis Jacques Mandé Daguerre, benannt wurde.

Komtesse von Landsfeld
Siehe Lola Montez.

Konflikten zwischen Kuba und den Vereinigten Staaten
Teil des militärischen Konfliktes zwischen den Vereinigten Staaten und Spanien (1898), bei dem Spanien seine letzten Überseekolonien verlor, die daraufhin unter amerikanische Kontrolle gerieten. Neben Kuba waren dies auch noch Puerto Rico, Guams und die Philippinen.

Jenny Lind
Schwedische Opernsängerin (1820–1887), auch *die schwedische Nachtigall* genannt, welche eine kometenhafte Karriere hatte.

Lola Montez
Elizabeth Rosanna Gilbert (1821–1861), Maitresse des Bayernkönigs Ludwigs I., eigentlich irische Tänzerin und dann der Gesellschaftsfähigkeit wegen geadelt.

Mammut
Ein ausgestorbenes Rüsseltier.

Mastodon
Ein ausgestorbenes Rüsseltier der Gattung Mammut.

Molluske
Ein vorwiegend im Meer lebendes Weichtier.

Mr. Lumley
Benjamin Lumley (1811–1875), Direktor des Londoner Opernhauses *Her Majesty's Theatre*.

Mrs. Sonntag
Henriette Sontag, eigentlich Gertrude Walpurgis Sontag (1806–1854), deutsche Opernsängerin.

Musical Instruments
Musikinstrumente.

Pachydermen
Pachyderme, zu Deutsch: Dickhäuter. Das Wort setzt sich aus den griechischen Wörtern παχύς (pachys) (»dick«) und δέρμα (derma) (»Haut«) zusammen und steht als Sammelbegriff für Elefanten, Nashörner, Flusspferde, Tapire und Schweine. Im Zusammenhang der vorliegenden Erzählung dürften aber in erster Linie ausgestorbene Dickhäuter wie Mastdon oder Merycochoerus gemeint sein.

Paläontologie
Die Wissenschaft zur Erforschung von Tieren und ihrer Lebenszeit in der geologischen Vergangenheit.

Plesiosaurier
Ein Meeressaurier.

Pterodaktylus
Ein Flugsaurier.

Square Pianos
Tafelklavier; im französischen Original *squave pianos*.

Stemberg
Möglicherweise ist hier der Name Sternberg gemeint. Demnach könnte es
sich hier um Kaspar Maria Graf Sternberg (1761–1838), einen österrei-
chisch-böhmischen Theologen, Politiker, Mineralogen, Botaniker und frühen Paläobotaniker handeln.

… um auf den Olymp zu klettern
Bei der Erstürmung des Olymp stülpten die Aloiden (in der griechischen
Mythologie zwei Riesen) den Pilion (auch Pelion genannt) auf den Berg
Ossa; Pelion ist ein Gebirgszug in Mittelgriechenland.

Willkommen in der Welt von Jules Verne

NAUTILUS

MOBILIS IN MOBILE

ISSN 2365-1091

Magazin des Jules-Verne-Clubs   № 35 * Oktober 2019 * Preis: 5.-€

DIE deutschsprachige Basis in Fragen zu und um Jules Verne mit engen Kontakten weltweit.

www.-Jules-Verne-Club-.de

gegründet 2000

DIE
VIRTONAUTEN VON
REMORY

Eine SciFi-History-Comic-Serie von Hagen Flemming.
Bestellbar unter: https://roman-und-comicladen.de

holz | HOF